LOS DRAGONILOS

LOS ROJOS DE TOKIO

Título original: *Les dragouilles, Les rouges de Tokyo*
Editor original: Editions Michel Quintin

Los dragonilos, Los rojos de Tokio
ISBN 978-607-9344-97-9
1ª edición: julio de 2015

© 2015 *by* Karine Gottot
© 2015 de las ilustraciones *by* Maxim Cyr
© 2015 de la traducción *by* Françoise Major
© 2015 *by* Ediciones Urano, S.A.U.
Aribau, 142 pral. 08036 Barcelona
Ediciones Urano México, S.A. de C.V.
Av. Insurgentes Sur 1722 piso 3, Col. Florida,
México, D.F., 01030 México.
www.uranitolibros.com
uranitomexico@edicionesurano.com

Edición: Valeria Le Duc
Diseño Gráfico: Joel Dehesa

Impreso en China – *Printed in China*

MAXIM CYR Y KARINE GOTTOT

LOS DRAGONILOS

LOS ROJOS DE TOKIO

4

uranito

Nota de los autores

¡Hola a todos, queridos aficionados de las dragonilerías!

¡Bienvenidos a Japón, el país del Sol Naciente! Es en su capital, Tokio, que tenemos el gusto de volver a verlos.

Tokio es la ciudad más densamente poblada del mundo. Incluyendo sus afueras, cuenta con alrededor de 36 millones de habitantes. Se dice que es la ciudad donde nunca se duerme. Para que toda esa población viva convenientemente, Tokio no se puede permitir descansar. Algunos habitantes trabajan de día mientras que otros se atarean de noche.

La capital de Japón también es fascinante, pues la tradición convive con la modernidad. Pese a que los rascacielos parecen querer subir cada vez más alto y que las calles hormiguean de agitación, la cultura secular del país siempre queda presente. La meditación, el zen, el estetismo y otras costumbres ancestrales todavía pintan la vida de los tokiotas.

Sus dos exploradores adoptaron el ritmo de vida de Tokio, quedándose despiertos de día y de noche para penetrar en el mundo de los dragonilos rojos.

Es con ojeras hasta la barbilla, caras pálidas como lavabo y bostezando sin parar que tenemos el gusto de presentarles el cuarto título de la serie.

¡Aligátor! ¡Ups! ¡Arigato!

- **Max** y **Karine** -

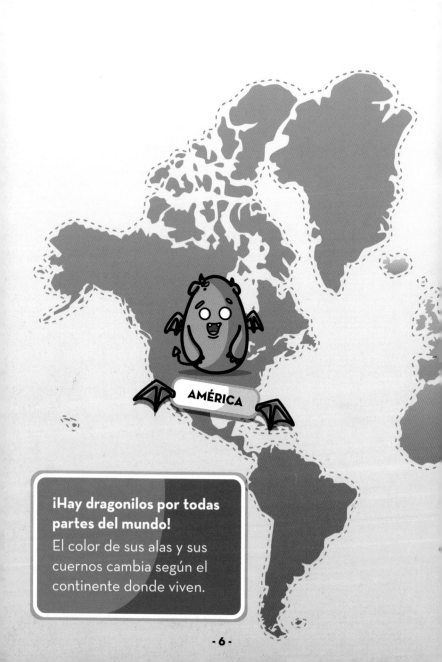

AMÉRICA

¡Hay dragonilos por todas partes del mundo!
El color de sus alas y sus cuernos cambia según el continente donde viven.

EUROPA

ASIA

ÁFRICA

OCEANÍA

TE PRESENTAMOS A LOS DRAGONILOS QUE VAS A CONOCER:

LOS GEMELOS

Los Gemelos se creen los mejores en juegos de palabras. Sin embargo, de sus chistes ¡sólo ellos se ríen!

LA ARTISTA

Es la más creativa de su grupo. Dibuja por todos lados, ¡hasta sobre su vecina!

LA QUE ESTÁ A LA MODA

Aquí está la dragonila ultracool. Tan a la moda que electriza todo al pasar.

LA GEEK

Esta dragonila heredó un extra de neuronas entre sus dos orejas. ¡Gracias a ella, el CI del grupo sube!

EL CHEF

Este dragonilo con gorro blanco sabe cocinar mucho más que huevo hervido. Paté de anchoas con salsa de basura, ¿se les antoja?

LA REBELDE

La Rebelde es la dragonila atrevida. ¡Es todo un torbellino! No teme a nada ni a nadie. No cabe duda, es una pequeña bribona.

LOS ROJOS

Los dragonilos rojos de Tokio viven en una ciudad donde los humanos son tan numerosos que, a veces, les da a nuestros amigos cornudos la impresión de vivir en un inmenso hormiguero. Por esta razón, deben ser aún más discretos si no quieren ser descubiertos.

Algo queda claro: ¡sobran cosas que observar en Tokio! Los dragonilos rojos llevan una vida trepidante y llena de sorpresas.

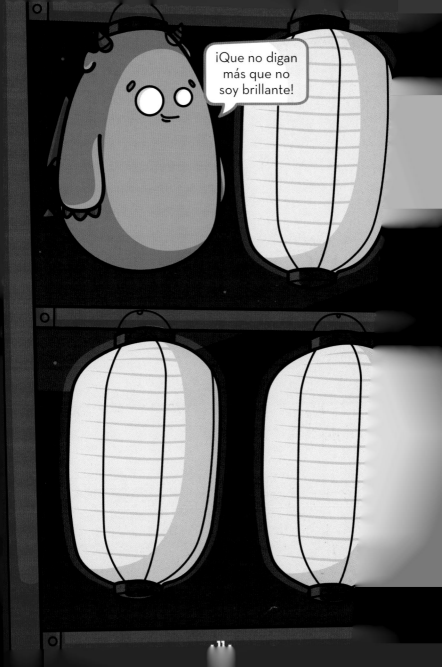

LOS GEMELOS

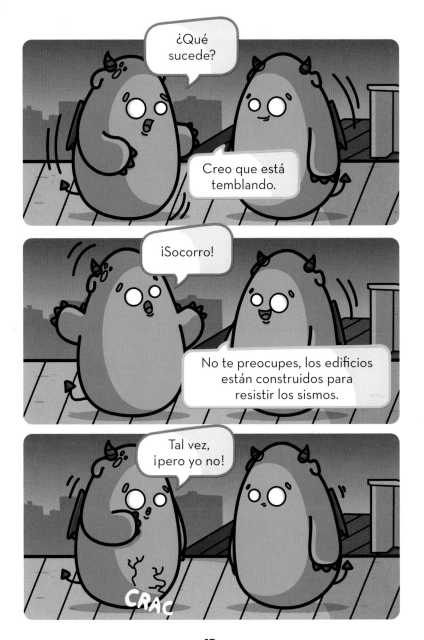

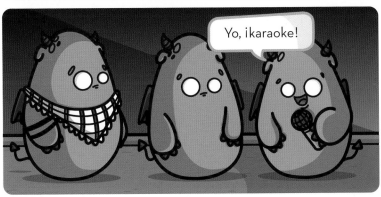

Calles
Sin nombre

¿Crees que un amigo que quisiera visitarte por primera vez tendría dificultades para encontrar el lugar donde vives?

En Tokio, la mayoría de las calles no tiene nombre, a excepción de las avenidas nuevas y grandes. Para complicarlo todo aún más, las casas siguen un sistema de numeración bastante impreciso. Las direcciones de los edificios generalmente son atribuidas según la fecha de construcción de éstos, pero no siempre es el caso.

Entonces, ¿cómo se puede ubicar uno en las calles de Tokio? Pues ¡ni los propios japoneses lo logran sin complicaciones! Tener un mapa de la ciudad o de un barrio es buen inicio, pero, para evitar toda duda y pérdida de tiempo, los tokiotas tienen por costumbre encontrarse en la estación más cercana al lugar a donde quieren ir, o cerca de un comercio famoso.

A Los Gemelos les encanta mirar a los habitantes de Tokio cuando éstos tratan de encontrar su camino en la ciudad. Para reírse, les basta pensar que, desde sus techos, fácilmente podrían guiar a todo el mundo hacia su destino.

UN DÍA DE FIESTA PARA LOS NIÑOS

JAPÓN ES EL PAÍS DONDE SE CELEBRA EL MAYOR NÚMERO DE FIESTAS Y DONDE LOS DÍAS FESTIVOS SON MÁS NUMEROSOS.

El 5 de mayo, los niños de Japón reciben los honores. En la época de los samuráis, esta fiesta se llamaba *Tango no sekku* y sólo se dirigía a los niños varones. Con este ritual, se les quería alentar a ser fuertes y valientes. Hoy en día, esta fiesta tiene el nombre de *Koinobori* y celebra a todos los niños. Mucho mejor así, ¿no?

El origen de esta fiesta se le atribuye a una leyenda china, la cual cuenta que una carpa más valiente que las demás logró subir el río Amarillo gracias a su determinación. Con el fin de honrar su valentía, los dioses del cielo la transformaron en dragón. Éste levantó el vuelo justo debajo del río.

Para la fiesta de los niños, se cuelgan *koinobori* (carpas-banderas) en la punta de un palo de bambú afuera de las casas: una carpa negra representa al papá, una roja la mamá, y se agrega una para cada hijo.

¡Es una manera de desear alegría, felicidad y prosperidad a todos los niños de Japón!

¿Existe una fiesta para los niños en tu país?
Si no, ¿te gustaría que hubiera una? ¿Cómo quisieras que celebraran a los niños?

CACOFONÍA

Los Gemelos notaron que, según el idioma hablado por los humanos, los sonidos que hacen para imitar a los animales no son iguales.

Mira algunas diferencias que divierten mucho a Los Gemelos.

ESPAÑOL - JAPONÉS

EL AVE
PÍO, PÍO - PII, PII

EL PERRO
GUAU, GUAU - WAN, WAN

EL PATO
CUA, CUA, CUA - GA, GA

EL GATO
MIAU, MIAU - NYA, NYA

LA PALOMA
CUCURRUCUCÚ - KURUPPO

LA VACA
MU - MO

EL BORREGO
BE - ME, ME

EL PUERCO
OINC, OINC - BU, BU

EL CUERVO
CRUAAAC, CRUAAAC - KA, KA

¿Qué haces?

¡Estoy fabricando un abanico de colores!

La bandera japonesa es blanca y, en su centro, un círculo rojo representa el sol.

MangaManía

¡JAPÓN ES EL PAÍS CON LA MAYOR PRODUCCIÓN DE LITERATURA DIBUJADA EN EL MUNDO!

En Japón, la palabra *manga* significa 'caricatura'. En otras partes del mundo, designa más específicamente al estilo japonés.

¡Los japoneses están locos por los *mangas*! No sólo los niños se interesan en ellos. Los adultos los disfrutan mucho también. Hay para todos los gustos, ya que las temáticas propuestas son muy variadas. El estilo y el nombre de los *mangas* varía según la edad del público al cual va destinado. Por ejemplo: los *mangas* para los niños se llaman *komodo*, para los chicos adolescentes *shonen*, y para las chicas *shojo*.

Los personajes de los *mangas* tienen rasgos físicos peculiares. Su cara es triangular y sus grandes ojos permiten transmitir emociones.

El dibujante de *mangas* se llama *mangaka*. ¡No se vuelve *mangaka* quien quiera! Se necesitan varios años de experiencia. Además, el artista debe producir una gran cantidad de dibujos en un tiempo récord. El *mangaka* tiene que proseguir su obra siempre y cuando la historia sea un éxito, aunque hubiera previsto dibujar menos libros.

EN CUANTO AL GRAFISMO, LOS MANGAS TIENEN VARIAS PARTICULARIDADES.

1 Casi siempre son en blanco y negro.

2 Se leen de derecha a izquierda.

3 El guión de la historia se parece al del cine. Es decir que las viñetas, como las escenas, permiten marcar el tiempo y organizar la acción.

4 Las onomatopeyas se usan mucho, para representar, por ejemplo:
silencio: *shin*;
sonrisa: *niko niko*;
centelleo: *pika pika*.

JAPÓN ES UNO DE LOS MAYORES PRODUCTORES DE VIDEOJUEGOS DEL MUNDO.

El concepto del juego *Dance Dance Revolution* es bailar sobre una plataforma tratando de seguir, con sus pies, la coreografía pregrabada que se proyecta sobre una pantalla.

¡Los dragonilos mueven su "cuerpapazo"!

EL ARTE
DE DOBLAR

El *origami* es un arte ancestral que consiste en fabricar formas tridimensionales doblando varias veces un pedazo de papel cuadrado. El término *origami* proviene de las palabras japonesas *oru*, que significa 'doblar', y *kami*, que quiere decir 'papel'.

El aprendizaje del *origami* se hace de manera progresiva. Primero se tiene que dominar la técnica de base para después aprender a crear formas cada vez más complejas. ¡Cuidado! La regla de oro es no pegar ni cortar el papel. La forma más famosa en *origami* es la grulla, un animal emblemático de Japón que simboliza fidelidad y longevidad. ¡La leyenda dice que quien doble mil grullas de papel verá su deseo cumplido!

¡Un libro titulado *Cómo fabricar mil grullas*, publicado en 1797, ofrece a sus lectores un diagrama que explica la técnica para confeccionar una guirnalda de 99 grullas con una sola hoja de papel!

ALGUNOS ERUDITOS DEL ORIGAMI LOGRAN CREAR MODELOS CON TROZOS DE PAPEL TAN INUSITADOS COMO BOLETOS DEL METRO.

A los 82 años, un japonés llamado Akira Naito logró doblar una grulla en un cuadrado de 0,1 mm². Para alcanzar su meta, que era concebir la grulla más pequeña del mundo, tuvo que usar película de plástico en lugar de papel y, obvio, un microscopio. Todas las partes del cuerpo del ave correspondían perfectamente a las proporciones de una verdadera grulla.

¡Qué bueno que la concentración del señor Naito no voló!

¡Es más complicado de lo que pensaba!

DOBLA Y VUELA

Claro, el modelo del *origami* que prefieren los dragonilos es el avión de papel. Les da un malicioso placer recoger viejos pedazos de papel y transformarlos en aviones que avientan desde los techos. Vuelven a repetir este pequeño juego hasta el momento que logran hacer aterrizar su aparato en un bote de basura o de reciclaje. ¡Horas de diversión!

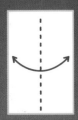

1. Dobla una hoja de papel a la mitad en el sentido largo. Luego, hazla retomar su forma inicial.

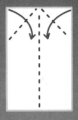

2. Dobla las puntas altas izquierda y derecha, y abátelas hacia el interior, siguiendo el pliegue central de tal manera que se formen dos triángulos.

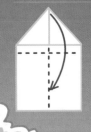

3. Un centímetro bajo los triángulos, dobla la hoja. La punta de arriba debe tocar el pliegue central.

4. Dobla las puntas altas izquierda y derecha, y abátelas sobre el pliegue central.

 5. Dobla la punta de los dos nuevos triángulos hacia afuera.

 6. Dobla tu obra a la mitad, siguiendo la línea central.

 7. Dobla cada ala para que ambas queden a la altura de la línea de separación.

EL AVIÓN ESTÁ LISTO PARA UN LARGO VUELO PLANEADO.

LA QUE ESTÁ A LA MODA

Lección de decoración

EN JAPÓN, NUEVAS MODAS SE CREAN CADA INSTANTE. PARA SEGUIR LA CORRIENTE, LOS JAPONESES ESTÁN AL PENDIENTE DE LAS ÚLTIMAS TENDENCIAS Y NOVEDADES.

Algunos jóvenes tokiotas no carecen de originalidad. ¡Los diferentes estilos que constituyen la dicha "moda de calle" hacen girar cabezas!

Uno de estos estilos se llama *decora*. Se trata de superponer varias capas de ropa: playeras, calcetines, faldas, pantalones, etc. Todo debe ser dispuesto con fineza para crear una presencia totalmente original.

La ropa se puede confeccionar a mano, recuperar en el clóset de la abuela o en traperías. El rosa debe dominar este uniforme especial, y los coloridos complementarios, ser alegres y vivos.

Lo que caracteriza aún más el estilo *decora* es la utilización excesiva de accesorios. Aquí, ¡la discreción no es bienvenida! Para realmente estar a la moda, hay que llevar varios collares, pulseras, joyas de plástico, broches, escudos, sin olvidar las bolsas originales que completan el kit perfecto.

En el cabello, el color también es obligatorio. Extensiones de lana, mechas coloridas, trenzas y pequeños objetos de plástico contribuyen a la creación de una elegancia completamente "capilo-extravagante"!

Los pasadores son, sin duda, el accesorio principal, y el fleco es el lugar ideal para ponerlos sin reserva. ¡El estilo *decora* le gusta mucho a La Que Está a la Moda, puesto que domina perfectamente el arte de llenarse la papa!

¡Oh! ¡Hay mucho aire hoy!

¡Realmente se puede decir que tengo aires de grandeza!

LOS BONSÁIS

Los bonsáis no son árboles genéticamente pequeños. Son miniaturizados y cultivados en macetas, gracias a técnicas de control del tamaño y de trasplantación particulares. La cultura del bonsái es un arte. Los maestros de esta práctica logran hacer de tales pequeños árboles verdaderas esculturas vivas. El bonsái más viejo conocido es un *Pinus parviflora* que data del año 1500. Se puede ver en el Takagi Bonsai Museum de Tokio.

¡VIVAN LOS DÍAS DE LLUVIA!

En cuanto el cielo empieza a escupir unas gotas, los japoneses sacan sus paraguas. Tienen la costumbre de hacerse sorprender por fuertes chubascos, y el que dejó su escudo retráctil en casa corre el riesgo de llevarse un chapuzón. En Tokio, no sacas la punta de la nariz afuera sin previamente informarte del clima anticipado.

El paraguas desechable, hecho de plástico transparente, es el más comúnmente utilizado en Japón. Pero ¡cuidado! En ningún lugar de Tokio se puede entrar con su paraguas mojado, goteando sobre el piso. Los tokiotas lo dejan cuidadosamente en un porta paraguas ubicado en la entrada de cada edificio. Como todos los paraguas se parecen, es muy normal que le roben a uno el suyo. Para remediar la situación, varios comerciantes instalaron un dispositivo de cierre en su establecimiento.

El paraguas transparente permite ver delante de sí, sin embargo causa un problema ecológico. Como casi no cuesta nada, la gente lo tira en cuanto se dispersan las nubes. Resultado, los botes de basura de la ciudad desbordan de esos objetos vueltos molestia.

Ingeniosos estudiantes de Tokio arreglaron el problema con la fundación de una asociación llamada Shibukasa. ¿Su misión? Recuperar los paraguas abandonados para después prestarlos. Entonces, en lugar de comprar otro, ahora es posible ir a una de las cabinas de la asociación para pedir uno. Además, al regresarlo, se recibe una moneda especial que da derecho a descuentos en ciertos comercios.

Buena idea para disfrutar los días de lluvia, ¿no crees?

"¡HOLA! ME LLAMO SAYA."

¡JAPÓN ES EL AMIGO INDISCUTIBLE DE LOS ROBOTS!

La robótica está más presente en la industria japonesa que en cualquier otra parte del mundo. Conocemos bien los brazos robotizados que pueden atornillar y clavar, pero el sueño que anima a los japoneses es el de crear humanoides.

Es por esta razón que desde hace quince años, el profesor Hiroshi Ishiguro de la Universidad de Tokio desarrolla con su equipo un robot muy especial. Se trata de Saya, un robot humanoide único en su género. Su cráneo de acero ha sido cubierto de una minicapa de látex basada en la cara de una joven estudiante. Bajo el látex, un equipo de dieciocho músculos artificiales permiten que Saya exprese seis emociones: sorpresa, miedo, coraje, alegría, tristeza y hastío. Su voz se proyecta con una bocina instalada en su sostén.

Los alumnos de una escuela primaria de Tokio tuvieron la sorpresa de sus vidas al encontrar a su nueva maestra. ¡Sí, sí! Era Saya, una humanoide que vino a hacer una práctica experimental en su clase.

Esta robot-maestra puede pasar lista y dar ejercicios que hacer. Saya habla varios idiomas y conoce no menos de 700 palabras. ¡Hasta puede regañar a los alumnos dándoles ordenes como "¡silencio!" y "¡cállate!".

Los alumnos que recibieron la visita de Saya afirman haber disfrutado su experiencia.

Por el momento, las capacidades de este único robot-maestro son limitadas. No puede correr, bailar, jugar pelota o demostrar afecto por sus alumnos. ¡Es bastante molesto! Entonces podemos concluir que todavía queda mucho por hacer en el centro de investigación del profesor Ishiguro.

¿Y a ti te gustaría tener a Saya como maestra?

La torre de Tokio

Rodeada de rascacielos, la torre de Tokio, construida en 1958, domina el cielo con sus 333 metros de altura. ¿No te recuerda otra gran estructura de metal? Tienes razón, se parece a la torre Eiffel de París, ya que ha sido construida según el mismo modelo que su prima parisina.

¿Cuál de las dos crees que le haga cosquillas al cielo más de cerca? Sí, sí, es la torre nipona. Sobrepasa la bella Eiffel por 9 metros (antenas incluidas). La torre de Tokio es blanca y roja, y sólo pesa 4000 toneladas, mientras que la torre Eiffel es más gordita con sus 7300 toneladas.

La torre nipona posee dos plataformas de observación a las cuales se accede por elevadores. Desde su cumbre, se puede admirar toda la ciudad de Tokio con una visión de 360°. Cuando el cielo está despejado, hasta se puede divisar el monte Fuji.

ADIVINANZAS

1) ¿CUÁL ES EL NOMBRE DE GATO MÁS COMÚN EN JAPÓN?

2) EN JAPÓN, ¿CÓMO SE LLAMA AL ELEVADOR?

3) ¿QUÉ SE LE DICE A UN JAPONÉS QUE HABLA DEMASIADO?

4) ¿CUÁL ES LA LETRA FAVORITA DE LOS JAPONESES EN EL ALFABETO ESPAÑOL?

5) CUANDO UN JAPONÉS QUIERE DARTE LA ORDEN DE NO PONER ALGO EN ALGÚN LUGAR, ¿QUÉ TE DICE?

6) ¿POR DÓNDE ENTRA SANTA CLAUS EN LAS CASAS JAPONESAS?

7) ¿CÓMO SE DICE UN COCHE NUEVO EN JAPONÉS?

8) ¿CÓMO SE LLAMA EL JAPONÉS MÁS FAMOSO?

1) ARI (ARIGATO) 2) APRETANDO EL BOTÓN. 3) ¡KARATE! 4) EL TE (TÉ) 5) NI PON. (NIPÓN) 6) POR SUSHIMENEA 7) TSURU TACHIDO 8) SE LLAMA HA. (YAMAHA)

ACERTIJO: ADIVINA LA PALABRA

**LA PRIMERA PALABRA ES LA SÍLABA INICIAL DE SALIDA.
LA SEGUNDA ES EL SONIDO QUE EMITE LA VACA.
LA TERCERA ES EL DIMINUTIVO DE RAYMUNDO.**

CUANDO JUNTES LAS 3 RESPUESTAS, DESCIFRARÁS LA PALABRA ESCONDIDA, QUE DESIGNA A UN ANTIGUO GUERRERO JAPONÉS.

RESPUESTAS: SA - MU - RAY (SAMURÁI)

ECHAR UN OJO

Un dragonilo acaba de sobrevolar esta extraña forma.

ADIVINA QUÉ ES.

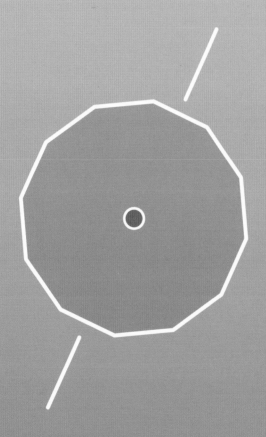

EL reto DE LA geek

¿Quién crees que sea más fuerte? ¿Tú o la hoja de papel?

Para vencer el reto necesitas:

— una hoja de papel de cualquier tamaño

— ¡tus bíceps de campeón!

RETO:

Llama al luchador sumo que se esconde dentro de ti e intenta doblar una hoja en dos partes, y de nuevo en dos partes, 10 veces seguidas.

¿Lo lograste?
¿Cuántas veces pudiste doblar la hoja?

TRUCO:

Cada vez que doblamos la hoja de papel, doblamos su grosor. Quiere decir que al doblarla 7 veces, en realidad le damos 128 capas! Pues se vuelve imposible doblar la hoja por octava vez.

¡Obviamente, con una hoja de papel del tamaño de una alberca olímpica y muy fina, podrías llegar a otros resultados!

¡Ahora, pide a tus amigos realizar el desafío!

EL CHEF

¡Listo!

¡Mmm! ¡Qué rico huele ese té!

¿Ah, sí? Yo prefiero el té de calcetín.

FANTASÍAS PARA LLEVAR

"BENTO" ES LA PALABRA JAPONESA PARA DESIGNAR LA COMIDA PREPARADA O LA MERIENDA QUE SE LLEVA AL TRABAJO O A LA ESCUELA.

Es prácticamente el equivalente a la comida que pones en tu lonchera. Pero ahí se detiene la comparación, ya que la confección de un *bento* pertenece al campo del arte.

El *bento* generalmente es una comida fría hecha de arroz blanco y *okazu*. El *okazu* está compuesto de una porción de carne, pescado, huevos cocidos o tofu, y otra porción de verdura o fruta. Se presenta en pedazos pequeños, en compartimentos separados. Como lo quiere la tradición culinaria japonesa, se otorga un gran cuidado a la selección de los colores y a la estética de la presentación. El *bento* debe ser atractivo tanto para los ojos como para las papilas.

Una de las cosas que caracterizan esta especialidad es, sin duda el recipiente, que se llama *bentobako*. Se trata de un cofrecito hecho de varios compartimentos que permiten no mezclar los sabores. Hay de todos los colores, de madera lacada o de plástico. A menudo, los *bentobako* para niños se adornan con la efigie de sus caricaturas favoritas.

Las mamás confeccionan bonitos *bento* apetitosos para sus hijos. Hasta algunas toman cursos para realizar *bento* de una gran originalidad. A veces se comprime el arroz con moldes para que tome la forma de un animal, y se corta la verdura con formas de lindas flores. ¡Es el lugar para expresar su creatividad!

El *bento* también puede ser muy romántico. ¡Se dice que un *aiso-bento*, es decir, un bento hecho con amor, puede lograr encantar al ser amado!

¡Ven! Toma tu *bento*! ¡Je! ¡Je!

Dragobento

¡TRANSFORMA TU LONCHERA EN "BENTO" DE INSPIRACIÓN DRAGOJAPONESA!

Para hacer tu *bentobako*, toma un plato de plástico con compartimentos. Si no tienes, utiliza cualquier plato de plástico y pon recipientes más pequeños dentro de él.

A continuación te damos ideas de lo que podrías poner en tu "dragobento":

1. Trozos de fresas

2. Pelotas de jitomates cherry

3. Dragonilo de arroz sobre algas

4. Cama de zanahorias rayadas

5. Canales de desagüe de apio cubiertas con queso crema

6. Un tapete de entrada hecho de rebanadas de jamón enrolladas amarradas con un hilo de apio

7. Galletas en forma de tubos (compradas en el supermercado)

Busca en Internet la palabra-clave *bento*, y ¡encontrarás una tonelada de ideas!

NECESITAS:

- Arroz para sushi (arroz pegajoso)
- 15 ml (3 cucharaditas) de vinagre de arroz
- 2 zanahorias y 2 hojas de apio
- 2.5 ml (1/2 cucharadita) de sal
- 1 hoja de alga para sushi
- 10 ml (2 cucharaditas) de azúcar

PREPARACIÓN

1. Cuece el arroz siguiendo las instrucciones del empaque.

2. Calienta el vinagre, el azúcar y la sal a fuego bajo de 2 a 3 minutos.

3. En una ensaladera, pon 250 ml (1 taza) de arroz cocido y derrama la mezcla de vinagre encima de éste, mezclando delicadamente.

4. Haz bolas de arroz (como un dragonilo). Corta una tira en la hoja de alga y ponla alrededor de tu bola de arroz (la anchura de la tira dependerá del tamaño de tu dragonilo).

5. Corta las puntas de las zanahorias y utilízalas para realizar cuernos.

6. Corta los ojos, la boca y seis garras en el resto de la hoja de alga.

7. Haz dos pequeños rollos de arroz para moldear los brazos y agrega tres garras en el extremo de cada uno.

8. Toma dos hojas de apio y coloca una de cada lado de la espalda para hacer las alas.

LA REBELDE

Esta estatuilla se llama *maneki-neko*. Este gato saludando con la pata es un amuleto que, supuestamente, trae fortuna y prosperidad.

¡EL SUMO, UN deporte de peso!

Se les llama a los luchadores de sumo los *rikishi*, que significa 'especialista de la fuerza'. Cuando se enfrentan, sólo llevan una larga tira de tela, el *mawashi*. Éste se pasa bajo las entrepiernas y se enrolla alrededor de la cintura. El cabello de los luchadores se alisa con aceite y se anuda en un chongo. Este peinado se llama el *chon mage*.

Los luchadores no se dividen por su peso, como es el caso en la lucha o el box. Su masa puede variar entre 70 y 280 kilos. Sí, ¡puede pasar que un *rikishi* se enfrente contra un adversario que pesa 2 veces más que él! Como el peso es la única arma del luchador sumo, ¡éste engulle cerca de 10 000 calorías al día! En comparación, un hombre promedio no debe consumir más de 2500.

Los combates de sumo tienen lugar en una arena circular llamada el *dohyo*. Antes de cada enfrentamiento, los combatientes efectúan diferentes rituales de purificación. Para cazar los malos espíritus fuera de la arena, pegan muy fuerte al suelo con sus pies después de haberlos levantado muy alto. Luego, tiran una mano de sal sobre el *dohyo* y se purifican la boca, bebiendo y escupiendo agua.

PARA GANAR UN COMBATE LA REGLA ES SENCILLA.

Hay que lograr aventar a su adversario fuera del círculo o hacer que toque el suelo con cualquier otra parte de su cuerpo que no sea la planta de sus pies. Para lograrlo, los luchadores pueden escoger entre 83 llaves autorizadas. Cuando un *rikishi* se lleva dos torneos seguidos, se le proclama *yokozuna*, campeón supremo.

Se rentan amables mascotas

EN JAPÓN, SE DEMUESTRA UN GRAN ENTUSIASMO HACIA LAS MASCOTAS

Se dice que hay alrededor de 25 millones de perros y gatos. ¡Significa que esos animales son más numerosos que los niños de menos de 15 años en el país!

En cambio, en una gran ciudad como Tokio, es menos fácil poseer una mascota que en otras partes del mundo. A menudo, los departamentos son demasiado pequeños y los animales, la mayoría del tiempo, prohibidos.

¡No importa! ¿Por qué no colmar su deseo de apapachar rentando una linda mascota para llevarla a pasear? En Tokio, algunas tiendas proponen a su clientela rentar a un gato o un perro durante una hora. El cliente se va con el animal atado y lo necesario para recoger sus pequeños excrementos. Si lo desea, también puede cuidar al animal durante 24 horas y llevárselo a casa. Obviamente, esta opción cuesta más.

De la misma manera aparecieron cafés animaleros en Tokio. En estos establecimientos, es posible acariciar a un animal mientras se toma un té o un café. ¿Curiosa costumbre, verdad? Todavía no hay tiendas para rentarse un hermanito o una hermanita... ¡Qué bueno!

¡HASTA LUEGO!

Es frente a estos cerezos en flor que los dragonilos vienen a saludarlos e invitarlos a nuevas aventuras.

De hoy en adelante, no olviden subir los ojos al cielo de vez en cuando. ¡Nunca saben quiénes podrían estar espiándolos!

GLOSARIO

Arigato: 'gracias' en japonés.

Godzilla: monstruo del cine japonés.

Humanoide: ser parecido o comparable al humano.

Karaoke: diversión de origen japonés que consiste en cantar siguiendo la letra proyectada en una pantalla.

Maneki: 'invitar' o 'saludar' en japonés.

Neko: gato en japonés.

Nipón, nipona: de Japón.

Sushi: plato japonés compuesto de bolitas de arroz rodeadas de pescado crudo.

Tokiota: habitante de la ciudad de Tokio.

Wasabi: raíz utilizada como condimento en la cocina japonesa. Su sabor es extremadamente fuerte.

¡Síguenos en redes sociales!

LOS DRAGONILOS

LAS CRÍTICAS SON UNÁNIMES...

"¡ESTÁ SÚPER LOCO!"
KARINE Y MAX

"UN CRUCE ENTRE UNA PAPA Y UN DRAGÓN. ¿CÓMO NO?"
EL PAPÁ DE MAX

"MIS ALUMNOS DEVORAN ESTOS LIBROS. SIEMPRE TENGO QUE COMPRAR NUEVOS".
ISABELA, UNA MAESTRA POBRE

"AL PARECER, ESTÁ LLENO DE COLORES, PERO YO SÓLO VEO EN BLANCO Y NEGRO".
ROSTY, EL PERRO DE LA VECINA DE KARINE

TOMO 2

TOMO 1

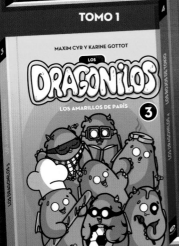

TOMO 4